U0009716

狐狸孵蛋

文　孫晴峰
圖　南君

步步出版
社長兼總編輯　馮季眉
編輯　徐子茹
美術設計　劉蔚君

讀書共和國出版集團
社長／郭重興　發行人／曾大福
業務平臺總經理／李雪麗　業務平臺副總經理／李復民
實體通路協理／林詩富　海外暨網路通路協理／張鑫峰　特販通路協理／陳綺瑩
印務協理／江域平　印務主任／李孟儒
出版／遠足文化事業股份有限公司　步步出版
發行／遠足文化事業股份有限公司
地址／231新北市新店區民權路108-2號9樓
電話／02-2218-1417　傳真／02-8667-1065
Email／service@bookrep.com.tw
網址／www.bookrep.com.tw

法律顧問　華洋國際專利商標事務所 蘇文生律師
印刷　凱林彩印股份有限公司
初版　2019 年 12 月　初版五刷　2023 年 6 月
定價　320 元

書號　1BTI1023
ISBN　978-957-9380-48-5

狐狸孵蛋

文／孫晴峰　圖／南君

一隻狐狸餓得走不動了。

他全身軟綿綿，把頭靠在樹幹上直喘氣，

嘴裡喃喃念著：「我餓死了，我馬上要餓死了。」

他眼前一陣漆黑，

身子不覺直溜到地——這一覺足足睡了十三個小時。

狐狸醒來，精神好多了，

但是飢餓卻像是兩隻爪子把他的胃抓著、絞著，

讓他氣都透不過來。

他捧著肚子到離樹不遠的長草堆裡一陣亂找，

竟然看見一叢滿是刺的黑莓子。

他迫不及待，用顫抖的爪子摘下一粒粒的小黑莓，

也不管是甜是苦，甚至有的還爬著小蜘蛛，

都一把送到嘴裡。

狐狸不住嘴的吃著。

黑莓雖小，但是吃多了，也漸漸起了安慰的作用。

他一有了力氣，

嘴又刁起來了，嫌著黑莓單調，

便順著斜坡爬下去，想到池塘附近找東西吃。

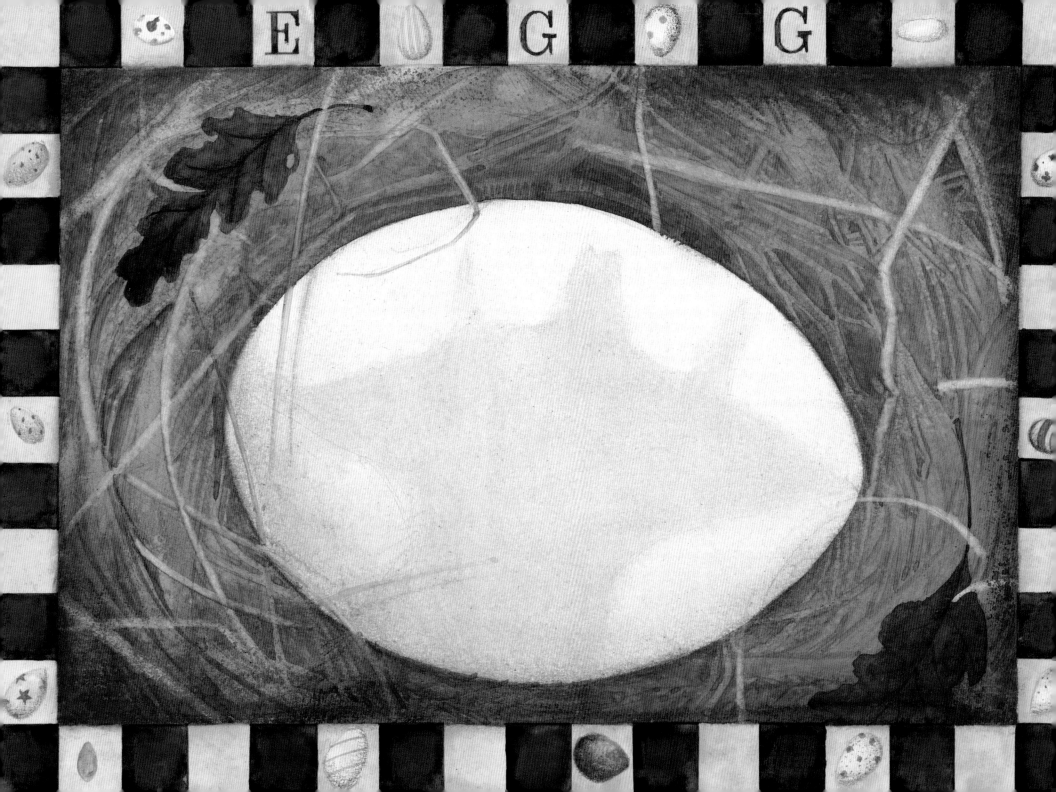

狐狸張著嘴呆愣了三秒鐘，一句話也說不出來。

奇蹟！奇蹟！

池邊的草叢裡竟然躺著一個白色的、巨大的鴨蛋！

狐狸的腦子停止思想，

下一秒鐘，當他頭腦清楚的時候，

那個蛋已經不知在什麼時候到了他嘴裡。

狐狸的牙齒「咔咔」擦著蛋殼，馬上就要把殼咬破，

讓可口的蛋汁順著乾燥的喉嚨直流下去，

但是他的腦裡轟然一聲巨響：「你想吃鴨蛋還是鴨子？」

他立刻把嘴張大，免得牙齒刮破了蛋殼。

腦裡的聲音繼續說：

「你難道不想吃一隻嫩嫩、肥肥的小鴨子嗎？」

「是呀！」

狐狸興奮起來：

「如果我把鴨子孵出來，不就有肉可以吃了嗎？啊！想想烤鴨子的滋味呀！」

狐狸用力的嚥了口口水。

WOODPECKER

說做就做，狐狸想著母鴨孵蛋的模樣，

便在大樹下挖了一個洞、丟下一大把乾草，再把蛋放在上頭。

他剛想一屁股坐上去，立時跳起來：

「這可不是要把蛋壓破了嗎？那該怎麼辦呢？」

狐狸想了想，便找來兩塊木頭放在地上的兩端，

雙手和腳背各枕著一塊木頭，

朝下趴著——他毛絨絨，軟而暖的肚皮正好輕輕覆在蛋上，

但是全身的重量並不會壓在蛋上，這實在太理想啦！

可惜，他的興奮維持不了五分鐘，

那個姿勢簡直像酷刑一般，

他的兩腿直抖，腰和肚子也忍不住墜下去，

把蛋壓得愈來愈緊。

狐狸知道，再下去，蛋一定會被壓破的。

他連忙爬起身，苦惱的把蛋覆在肚子上暖著。

忽然靈光一現，他又想到了一個主意。
他找到一長條脫落的樹皮，
把它纏在腰上，再把蛋放在樹皮裡。
這個主意想起來不錯，
但是樹皮綁不緊，一會兒就滑落下來，
有一次，
蛋滾落到離大石頭十公分的地方，
差點就要砸破了。

MOLE

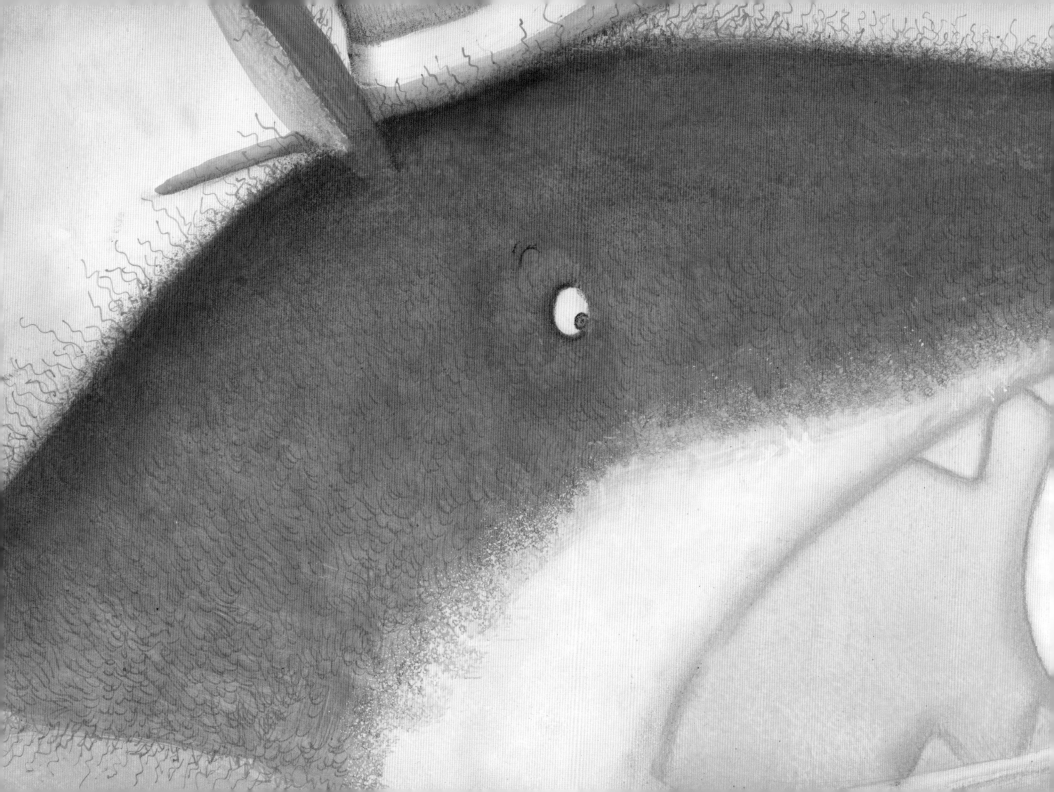

狐狸一橫心，
決定把蛋吃掉算了，
管他什麼鴨子不鴨子的。
但是剛把蛋放進嘴裡，
一個絕妙的主意來了：
為什麼不用嘴來孵蛋呢？
豈不是既溫暖又安全嗎？

接下來的二十多天，狐狸發揮前所未有的耐性。

他整天含著蛋，

只有在吃東西的時候，

才把它拿出來，放在懷裡捧著；

只有在睡覺的時候，

才把它放在蜷起的兩臂之間，下巴輕輕的靠著，閉上眼睛。

日子一天天過去，狐狸有了始料未及的嶄新體驗。

他一向獨來獨往慣了，從沒有過同伴。

除了吃比老鼠更大的、肉更嫩的動物以外，從來沒有微笑過。

這個蛋，是唯一與他相伴的東西，

又因為一直要忍著吃它，他幾乎都忘了那其實是食物了。

PERSIMMON

TREE

起先是忍不住吃的慾望，狐狸常常聊勝於無的用舌頭碰著那個蛋，
漸漸的，他發明了一些好玩的遊戲。
他用舌尖輕輕把它頂著倒立起來，
或是用兩頰把它在左右兩側擠來擠去，
或是把舌頭朝上捲，再朝下捲，讓蛋在長長的舌頭上滾來滾去。
狐狸第一次知道什麼叫「玩」，也第一次有了玩伴。

這天大清早，狐狸被一個聲音驚醒。

他瞪大著眼，發現兩臂之間的蛋上有了一個洞，

裡面隱約看見一個尖尖的小鴨嘴，只見它把洞口愈啄愈大，

最後蛋殼破成兩半，鑽出了一隻毛絨絨的小鴨子。

他閉著眼睛，靠著狐狸的爪子直喘氣。

狐狸舔著嘴唇——等了這麼長久，受了這麼多苦，

終於有了結果！他興奮得腦中一片空白。

忽然，小鴨子用細細的嗓音叫著。「媽媽媽媽！」

狐狸大吃一驚，還沒來得及反應，
小鴨子已經向他的臉迎面撲來，嘴裡一疊聲叫著：「媽媽媽媽！」

這跟預期的發展相去太遠了！狐狸立刻坐直了身子，強自鎮定，
他清清喉嚨：「咳—咳—你弄錯啦，我可不是你媽媽。」
他緊張的有些語無倫次：「我是男的，不能做媽媽，只能做爸爸。」

「爸爸爸爸！」小鴨子一跳跳上他的脖子，一路爬到狐狸大嘴裡。
他在裡頭興奮的叫著：「爸爸，我在蛋裡頭，時時都聞見這個味道啊！」
他從狐狸的嘴裡爬到他鼻尖，小眼睛對著狐狸的大眼睛。

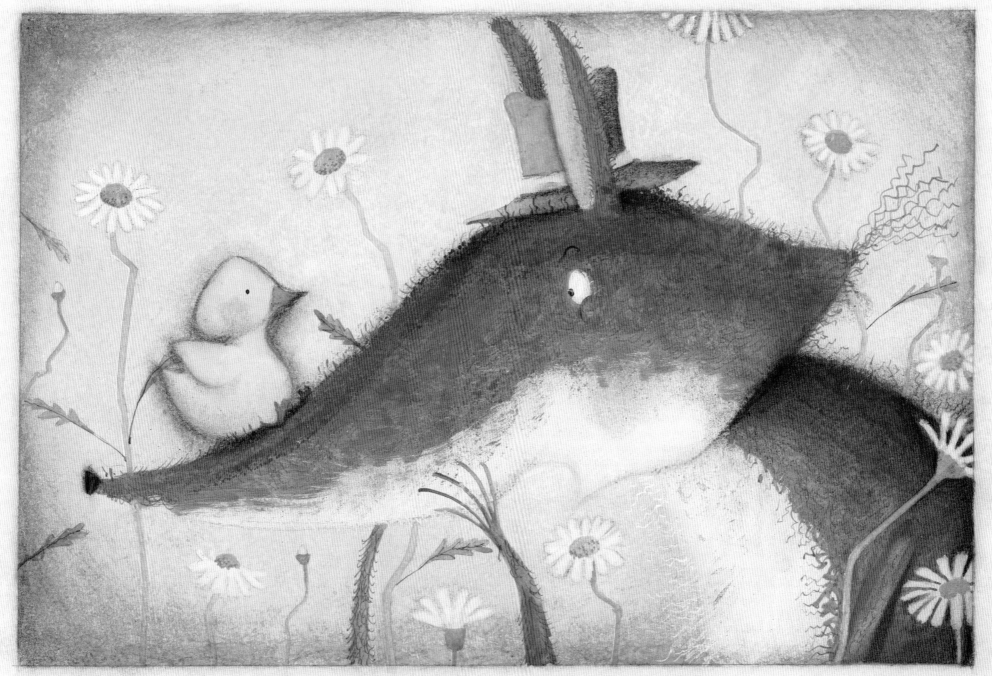

F O X   &   D U C K

BERRY

狐狸實在受不了小鴨子天真而信賴的眼光——

他哪知道我把他放在嘴裡是為了什麼呢？

便伸出長舌頭，想把他掃下鼻尖去。

舌頭碰著小鴨子，他卻咯咯笑起來，

「好癢喔！爸爸，我記得，以前在蛋裡你就是這麼把我搖呀搖的，好舒服喲！」

狐狸嘆口氣，簡直束手無策。

小鴨子打斷他的思緒：「爸爸，我肚子好餓喔！」

狐狸再嘆口氣，便把身邊存著當早餐的野莓子餵他吃了。

小鴨的肚皮脹得滾圓，打個呵欠，

在狐狸胸口找到一叢濃密柔軟的毛，一頭鑽進去，

口齒不清的說：「謝謝你，爸爸！我好愛你喔！爸爸。」

狐狸順順小鴨子頭上亂七八糟的軟毛，

嘆口氣，苦笑著：「少了一頓飯，多了一個兒子，這是一筆什麼糊塗帳啊！」

狐狸把剩餘的野莓子一把吃了，

喃喃自語：「其實吃慣了，味道也不錯。」

他蜷起身子，下巴輕輕靠著小鴨子，一會兒便沉沉睡去。

這是第一次，狐狸有了一個會說話的伴。

靈感是一個奇妙而不可預測，無法捉摸的東西。

文／孫晴峰

　　寫《狐狸孵蛋》故事的那年夏天，我剛讀完西蒙斯學院的兒童文學研究所，運氣好，搬到麻州的劍橋區的一個套房裡住。 街道滿植了青綠的大樹，金色的陽光盡情灑在乾淨的人行道上， 美麗得奢侈。第一次獨居，沒有室友家人，十分自由自在。這段不讀書又不工作的時間，很安靜快樂，但是又焦躁不安，因為未來一切都無定數。有一天，就寫了這個故事。 我一向對狐狸老被童話抹黑，特有同情心，總想為牠平反一下，此外，我創作的第一個故事便和「蛋」有關，幾次遇到創作困境，也都是「蛋」的意象讓我破繭而出。可是怎麼會想到把「狐狸」和「蛋」這兩個不相干的放在一起，我就不知道了。

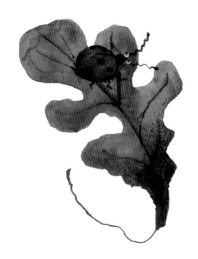

　　作為一個作者，一向只期待不要做「票房毒藥」，讓出版社賠錢，就滿意了。《狐狸孵蛋》倒是意外的得到一些讀者的共鳴。有回一個不認識的人把《狐狸孵蛋》的故事一字不漏的抄錄下來，輾轉傳到我哥那裡，他回說：「真巧，那是我妹妹寫的呢。」他的話又輾轉的傳到我初中畢業就失聯的同學那兒，還因此和我聯繫上了。我對這麼一群大人竟然會熱心傳閱這個故事，很覺驚異——原來有這麼多歷經人生事故的大人，還保有著童心呢。

孫晴峰

生於臺南麻豆，祖籍江蘇鎮江。臺灣大學森林系畢業，在美國分獲雪城大學 (Syracuse University) 教育碩士，波士頓西蒙斯學院 (Simmons College) 兒童文學碩士，麻州大學（University of Massachusetts at Amherst）傳播系博士，現任紐約大學 (New York University) 專業學院媒體學教授。曾任臺灣民生報兒童版記者及童書編輯。自大學三年級起，發表童詩、童話、圖畫故事書，中英文著作及翻譯近四十本。曾獲中國時報文學獎童話首獎、信誼基金會評選委員獎、兒童文學協會金龍獎、金鼎獎優良圖書、聯合報《讀書人》、中國時報《開卷》和臺北市圖書館書評推薦《好書大家讀》等獎勵。

「重啟」不一樣的《狐狸孵蛋》

文／南君

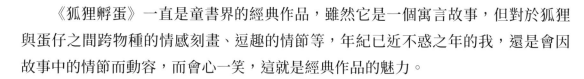

《狐狸孵蛋》一直是童書界的經典作品，雖然它是一個寓言故事，但對於狐狸與蛋仔之間跨物種的情感刻畫、逗趣的情節等，年紀已近不惑之年的我，還是會因故事中的情節而動容，而會心一笑，這就是經典作品的魅力。

經典的電影常常以「重啟」方式，以不同的導演、不同的演員、不同的拍攝手法，重新演繹早已為人熟知的經典故事。能成為經典，往往是因為它已經好到深植人心了，「重啟」似乎不可避免的會被拿來與前作比較。深知這點，在確定與孫晴峰老師合作時，我就被一種莫名壓力侵襲著，因為《狐狸孵蛋》早已是童書界經典中的經典，再者，插畫前輩龐雅文老師畫筆下的《狐狸孵蛋》是如此的討喜可愛，我該如何「重啟」這本經典故事呢？

深知很難再超越龐雅文老師了，左思右想後，那麼就以「不一樣」來創作吧。

故事背景設定在「不一樣」的秋天，這是豐收的季節，微涼的氣溫，狐狸與蛋仔在故事裡相互依偎著，對應這樣的季節，似乎也更加強彼此之間的情感溫度。

畫面構圖中，也加入了「不一樣」的邊框設計巧思，並置入了相對應的英文單字，親子共讀時，不僅能閱讀到有趣的故事，也能從中學習簡單的英文辭彙。第一次嘗試這樣的構圖方式，對我而言也是某種創作上的小冒險。

此外，故事中只存在狐狸與蛋仔這兩位角色，似乎也太孤單了些，所以我在某些橋段加入「不一樣」的動物：橡樹裡的大嘴鳥、荷葉上的青蛙、大石頭邊的鼴鼠、落葉中的小瓢蟲、淘氣的松鼠……像是配角般一一上場了，希望藉此增添一些趣味性與驚喜感。

這些一點一點「不一樣」的總合，似乎就真的不一樣了!!
這是我「重啟」的不一樣的《狐狸孵蛋》，你喜歡嗎？

南君

出生於屏東長治。
小學時期
被一頁頁有著精緻插畫的繪本啟發，
也看見了未來志向。
堅持手繪的方式，
因為喜歡水彩在畫紙上跳舞的感覺；
雖然有時它還會不受控制，
但想保有只有一張「原稿」的堅持。

Facebook:@nanjunwhite。